UNE PARISIENNE,

Par F. Dauphin.

PRIX : 1 FRANC.

PARIS,

Chez A. J. SANSON, Libraire,

Palais-Royal, Galerie de Bois, nº 250.

1825.

UNE

PARISIENNE.

IMPRIMERIE DE DONDEY-DUPRÉ,
Rue Saint-Louis, nº 46 , au Marais.

UNE

PARISIENNE,

Par F. Dauphin.

PRIX : 1 FRANC.

PARIS,

Chez A. J. SANSON, Libraire,

Palais-Royal, Galerie de Bois, n° 250.

1825.

Une Parisienne.

Du travail un instant secouons la poussière,

Lise ; portons nos pas près de ces monts fleuris,

Ornemens et remparts de l'antique Paris.

    Sur cette fragile barrière

    Jetons un regard de dédain :

Elle n'arrêta pas le Tartare inhumain,

    Qui, dans sa rage meurtrière,

Sous de nombreux soldats froissant nos corps flétris,

    A fait marcher l'appareil du carnage

Dans l'aimable séjour, dans le riant bocage

Où l'Amour voltigeait, où folâtraient les Ris.

Sur ces monts étonnés, une noble jeunesse,

Fille de Minerve et de Mars,

Pour la première fois affrontant les hasards,

Parut forte de sa faiblesse,

Et voulut ou mourir, ou sauver nos remparts!

Fils des fils du dieu de la Thrace,

Courageux héritiers du fruit de cent combats,

Je salue, en passant, la place

Où le Nord, étonné de votre jeune audace,

En vous crut voir nos vieux soldats!

Approche, petite Lisette,

Ah! pose ton bras sur mon bras,

Presse-le d'une main discrète;

Passons dans le sentier qu'ombragent ces lilas,

Témoins de nos amours, témoins de ta défaite,

De nos désirs,

De nos plaisirs.

Sur ta bouche je voudrais prendre

Un baiser, il serait si doux !

A quatorze ans, tu le faisais attendre !

Donne-le, hâte-toi ; le tems est si jaloux !

Nos soupirs, nos transports, le printems de notre âge,

Tout bientôt sera loin de nous,

Comme le bosquet qui t'ombrage !

Déjà tu ne vois plus que le bout des rameaux

Qui couvraient ta tête chérie,

Et tu découvres la prairie

Que bornent de jeunes ormeaux.

Hélas ! un souvenir funeste

Viendra-t-il attrister toujours

Nos promenades, nos amours ?

Ne pourrons-nous jouir du beau jour qui nous reste ?

De nos brillans remparts les défenseurs sont là !

Et leur casque sonore

Semble frémir encore

Sous le coursier qui les foula.

Spartiates nouveaux dont la France s'honore,

Ces soldats, qui sous vous trente ans s'étaient ployés

A l'aspect de votre bannière,

Tremblaient à votre heure dernière,

Près de voir Lutèce à leurs pieds.

Avec Zéphir, dès l'aube matinale,

La jeune amante de Céphale

Dans ses prés ondoyans aime à verser des pleurs :

Fraîche comme elle, aussi légère,

Ah ! dans ta course passagère

Tu courbes à peine les fleurs :

Dans ces lieux où l'Amour nous guide,

Passe d'un pied vif et rapide ;

Ne crains point d'offenser les manes généreux

Des nobles fils de la Victoire :

En te voyant, ils croiront que la gloire

Aime encor marcher devant eux.

Tu cherches, mon aimable amie,

Cette beauté naïve, aux attraits enchanteurs,

Par quinze printems embellie,

Dont le teint ressemblait à tes vives couleurs,

Et qui, dans un panier rustique,

Lorsque, sous ces noyers, nous fuyions les chaleurs,

Avec un regard angélique,

Nous présentait des fruits, un bouquet de jasmin,

Qu'avait cueillis sa jeune main :

Pour jamais elle est endormie !

Son triste souvenir doit attendrir nos cœurs ;

Elle expira sous la lance ennemie

D'un de nos insolens vainqueurs.

Par le nombre accablé, fuyant de la chaumière

Qu'un Kalmouk venait d'embraser,

Son jeune amant ne put lui fermer la paupière,

Ni recevoir d'elle un baiser.

Un jour nos fils, dans vos tristes retraites,

Sombres enfans des noirs frimats,

Iront, sur les glaçons de vos âpres climats,

Demander à vos fils compte de nos défaites ;

Ils vengeront le sang de nos fiers vétérans,

Laissés huit jours sans sépulture ,

Et qui, des oiseaux dévorans ,

Huit jours ont été la pâture.

Nous évitions alors le regard sans pitié

D'un vainqueur ignorant l'honneur et l'amitié,

Qui nous eût fait un crime , hélas ! du peu de terre

Dont on couvrait la cendre ou d'un fils ou d'un frère ;

Ce vil troupeau de serfs au carnage formé ,

Et par le seul butin aux combats animé ,

On eût dit qu'il mettait sa gloire

A flétrir en un jour

Les roses de l'Amour

Et les palmes de la Victoire.

L'heure de la vengeance à la fin sonnera !

Gouvernée aujourd'hui par ses rois légitimes,

La France un jour se levera,

Digne et fière d'élans sublimes ,

Pour offrir à ses bataillons ,

Endormis pour jamais dans ses vastes sillons ,

Dieu des combats, de nombreuses victimes !

Non , toujours grands et magnanimes ,

Les Français oubliront le mal qui leur fut fait.

Vous rendîtes Bourbon aux vœux de ma patrie :

Elle frémit encor de votre barbarie ;

Mais sans oublier le bienfait !

Charles , dont les talens , les vertus , la sagesse

Réunissent tous les partis .

Sous l'heureux étendard des Lys ,

Et qui, dans les transports de joie et d'alégresse ,

Fut reçu du peuple français

Comme un gage sacré de bonheur et de paix !

Charles nous tiendra sa promesse ,

Et son nom dans nos cœurs est gravé pour jamais.

O toi , père de la nature ,

Qu'adorent les mortels sous cent noms différens ,

Toi , qui dispenses sans mesure

Ta clarté , ta chaleur , à ces astres errans ,

Tournant autour de toi dans le brillant espace ,

Malgré tes feux tout naît et passe ,

De la Mort et du Temps quand tout subit la loi ;

Daigne rendre son règne éternel comme toi !

On eût dit, à sa voix, que la France enchantée,

Au temps de saint Louis se trouvait transportée ;

D'une prompte vengeance on étouffa le cri,

Et le Français bénit la main ensanglantée

Qui lui rendait le fils du grand Henri !

Un seul jour effaça les maux de trente années :

La jeune vierge, en ses chastes amours,

Put choisir un époux sans trembler pour ses jours ;

D'épis et de fleurs couronnées,

La Paix et l'Abondance ont embelli ces lieux ;

Et la mère eut un fils pour lui fermer les yeux.

Mars a cessé de dépeupler la terre ;

Où Bellone forçait Philomèle à se taire,

J'entends le flageolet de l'heureux citadin,

Dont le son se marie au bruit du tambourin,

Et charme les échos de l'heureux Romainville,

Bois des jeunes amans, bois des jeunes époux :

Sous ton ombrage frais, sur ton gazon si doux,

Rousseau se dérobait au fracas de la ville ;

Et l'heureux habitant de ce champêtre asile,

Après les travaux des beaux jours,

Y vient chanter la paix, Charles et les Amours.

Imitons-le : sous cet ombrage,

Mêlons nos accens à sa voix ;

Et, comme lui, que les nouveaux exploits

D'un des fils de Henri, le héros de notre âge,

Nous consolent de l'avantage

Que des vainqueurs d'un jour ont remporté sur nous !

A l'ombre d'un riant bocage,

Du Tartare oublions les coups ;

Suivons des Jeux , des Ris , la troupe trop volage ,

Et des Plaisirs l'aimable essaim.

Si du pied du Vandale il reste quelque trace ,

Lisette , effeuille sur la place

Les roses du bouquet dont je parai ton sein.

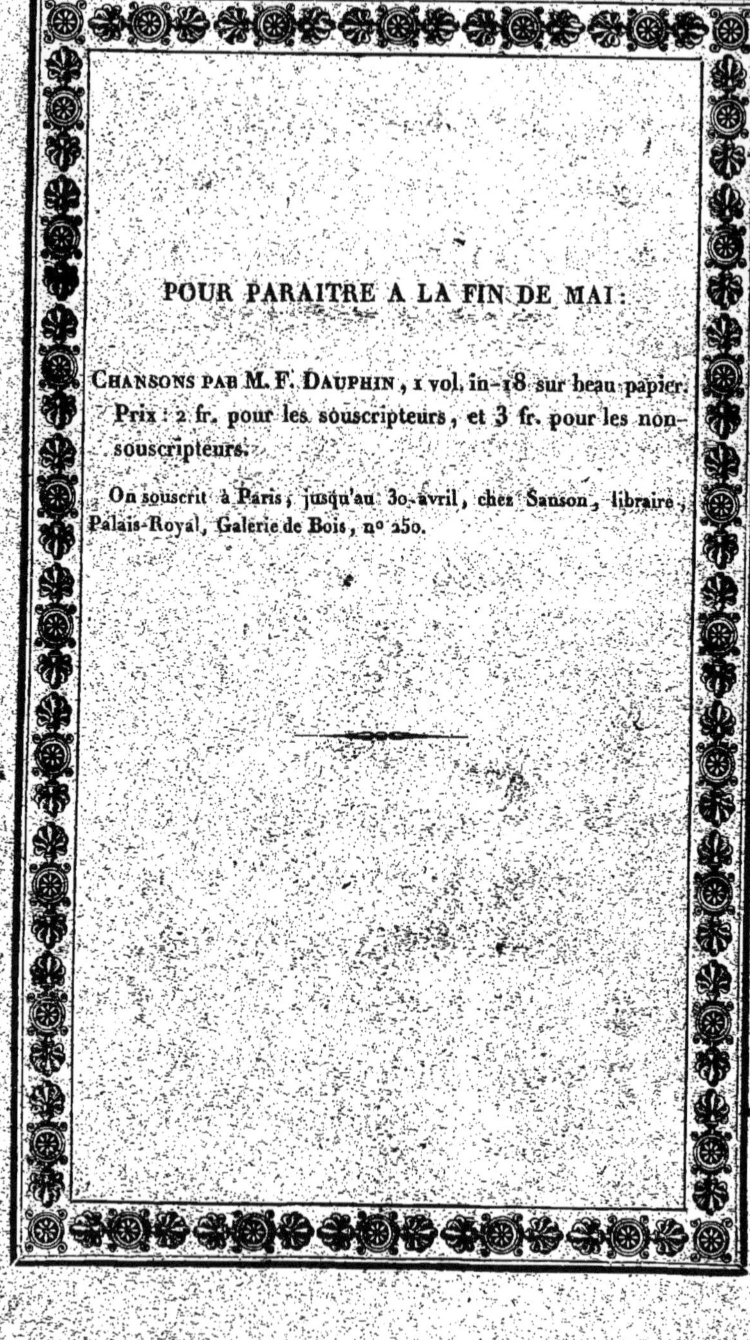
POUR PARAITRE A LA FIN DE MAI :

CHANSONS PAR M. F. DAUPHIN, 1 vol. in-18 sur beau papier.
Prix : 2 fr. pour les souscripteurs, et 3 fr. pour les non-
souscripteurs.

On souscrit à Paris, jusqu'au 30 avril, chez Sanson, libraire,
Palais-Royal, Galerie de Bois, n° 250.

www.ingramcontent.com/pod-product-compliance
Ingram Content Group UK Ltd.
Pitfield, Milton Keynes, MK11 3LW, UK
UKHW021053120726
13693UKWH00006B/2605